U0101530

紅樓夢第六十九回

弄小巧用借劍殺人　覺大限吞生金自逝

話說尤二姐聽了又感謝不盡只得跟了他來尤氏那邊怎好不過來的少不得也過來跟著鳳姐去回方是大禮鳳姐笑說你只別說話等我去說尤氏道這個自然但有了不是往你身上推就是了說著大家先至賈母房中正值賈母和園中姐妹們說笑解悶忽見鳳姐帶了一個標緻小媳婦進來忙覷著眼瞧說這是誰家的孩子好可憐見兒的鳳姐上來笑道老祖宗倒細細的看看好不好說著忙拉二姐兒說這是太婆婆快磕頭二姐兒忙行了大禮展拜起來又指著衆姊妹說這是某人

某人你先認了太太瞧過了再見禮二姐兒聽了一一又從新故意的問過垂頭站在傍邊賈母上下瞧了一遍因又笑問你姓什麽今年十幾歲了鳳姐忙又笑說老祖宗且別問只說比我俊不俊賈母又帶上了眼鏡命鴛鴦琥珀把那孩子拉過來我瞧瞧肉皮兒衆人都抿着嘴兒笑著推他上去賈母細瞧了一遍又命琥珀拿出他的手來我瞧瞧賈母瞧畢摘下眼鏡來笑說道竟是個齊全孩子我看比你還俊些呢鳳姐聽說笑著忙跪下將尤氏那邊所編之話一五一十細細的說了一遍少不得老祖宗發慈心先許他進來住一年後再圓房賈母聽了道這有什麽不是既你這樣賢良很好只是一年後方可圓得

房鳳姐聽了叩頭起來又求賈母著兩個女人一同帶去見太太們說是老祖宗的主意賈母依允遂使二人帶去見了邢夫人等王夫人正因他風辟不雅深爲憂慮見他今行此事豈有不樂之理於是尤二姐自此見了天日挪到廂房居住鳳姐一面使人暗暗調唆張華只叫他要原妻這裡還有許多陪送外還給他銀子安家過活張華原無胆無心告賈家的後來又見賈蓉打發了人對詞那人原說的張華先退了親我們原是親戚接到家裡住著是真並無娶之說皆因張華拖欠我們的債務追索不給方誣賴小的主兒那個察院都和賈王兩處有瓜葛況又受了賄只說張華無賴以窮訛詐狀子也不收打了一

頓赶出來慶兒在外替張華打點也沒打重又調唆張華說這親原是你家定的你只要親事官必還斷給你於是又告王信那邊又透了消息與察院察院便批張華借欠賈宅之銀令其限內按數交還其所定之親仍令其有力時娶回又傳了他父親來當堂批準他父親亦係慶兒說明樂得人財兩進便去賈家領人鳳姐一面嚇的來回賈母說如此這般都是珍大嫂子幹事不明那家並沒退準惹人告了如此官斷賈母聽了忙喚尤氏過來說他做事不妥既你妹子從小與人指腹爲婚又沒退斷使人告了這是什麽事尤氏聽了只得說他連銀子都收了怎麽沒準鳳姐在傍說張華的口供上現說沒見銀子也沒

見人去他老子又說原是親家說過一次並沒應準親家死了你們就接進去做二房如此沒有對証話只好由他去混說幸而璉二爺不在家不曾圓房這還無妨只是人已來了怎好送回去豈不傷臉賈母道又沒圓房沒的強占人家有夫之人名聲也不好不如送給他去那裡尋不出好人來尤二姐聽了又回賈母說我母親實于某年某月某日給了他二十兩銀子退準的他因窮急了告又翻了口我姐姐原沒錯辦賈母聽了便說可見刁民難惹既這樣鳳丫頭去料理料理鳳姐聽了無法只得應著回來只命人去找賈蓉賈蓉深知鳳姐之意若要使張華領回成何體統便回了賈珍暗暗遣人去說張華你如今

旣有許多銀子何必定要原人若只管執定主意豈不怕爺們一怒尋出一個由頭你死無葬身之地你有了銀子回家去什麼好人尋不出來你若走呢還賞你些路費張華聽了心中想了一想這倒是好主意和父母商議已定約共也得了有百金父子次日起了五更便回原籍去了賈蓉打聽得真了來回了賈母鳳姐說張華父子妄告不實懼罪逃走官府亦知此情也不追究大事完畢鳳姐聽了心中一想若必定著張華帶回二姐兒去未免賈璉回來再花幾個錢包占住不怕張華不依還是二姐兒不去自已拉絆著還妥當且再作道理只是張華此去不知何往倘或他再將此事告訴了別人或日後再尋出這

由頭来翻案豈不是自巳害了自巳原先不該如此將刀靶付與外人去的因此悔之不迭復又想了一個主意出来悄命旺兒遣人尋著了他或訛他做賊和他打官司將他治死或暗使人筭計務將張華治死方剪草除根保住自巳的名譽旺兒領命出來回家細想人巳走了完事何必如此大做人命關天非同兒戲我且哄過他去再作道理因此在外躲了幾日回来告訴鳳姐只說張華因有幾兩銀子在身上逃去第三日在京口地界五更天巳被截路打悶棍的打死了他老子唬死在店房在那裡驗尸掩埋鳳姐聽了不信說你要撒謊我再使人打聽出來敲你的牙自此方丟過不究鳳姐和尤二姐和美非常竟

比親姊妹還勝幾倍那賈璉一日事畢回來先到了新房中巳靜悄悄的關鎖只有一個看房子的老頭兒賈璉問起原故老頭子細說原委賈璉只在鐙中跺足少不得來見賈赦與邢夫人將所完之事回明賈赦十分歡喜說他中用賞了他一百兩銀子又將房中一個十七歲的丫鬟名喚秋桐賞他為妾賈璉叩頭領去喜之不盡見了賈母合家衆人回來見了鳳姐未免臉上有些愧色誰知鳳姐反不似往日容顏同尤二姐一同出來叙了寒温賈璉將秋桐之事說了未免臉上有些得意驕矜之色鳳姐聽了忙命兩個媳婦坐車在那邊接了來心中一刺未除又平空添了一刺說不得且吞聲忍氣將好顏面換出

來遮飾一面又命擺酒接風一面帶了秋桐來見賈母與王夫人等賈璉心中也暗暗的納罕且說鳳姐在家外面待尤二姐自不必說的只是心中又懷别意無人處只和尤二姐說妹妹的聲名狠不好聽連老太太太太們都知道了說妹妹在家做女孩兒就不乾凈又和姐夫來往太密沒人要的你揀了來還不休了再尋好的我聽見這話氣的什麽兒是的後來打聽是誰說的又察不出來這日久天長這些奴才們跟前怎麽說嘴我反弄了魚頭來拆說了兩遍自已已氣病了茶飯也不吃除了平兒衆丫頭媳婦無不言三語四指桑說槐暗相譏刺且說秋桐自以爲係賈赦之賜無人僣他的連鳳姐平兒皆不放在

眼裏豈容那先姦後娶沒漢子要的婦女鳳姐聽了暗樂自從粧病便不和尤二姐吃飯每日只命人端了菜飯到他房中去吃那茶飯都係不堪之物平兒看不過自拿了錢出來弄菜與他吃或是有時只說和他園中去頑在園中廚內另做了湯水與他吃也無人敢回鳳姐只有秋桐撞見了便去說舌告訴鳳姐說奶奶名聲生是平兒弄壞了的這樣好菜好飯浪着不吃却往園裡去偷吃鳳姐聽了罵平兒說人家養猫拿耗子我的猫只倒咬雞平兒不敢多說自此也要遠着了又暗恨秋桐園中姊妹一干人暗爲二姐耽心雖都不敢多言却也可憐每常無人處說起話來尤二姐淌眼抹泪又不敢抱怨鳳姐兒因無

一點壞形賈璉來家時見了鳳姐賢良也便不留心況素昔見賈赦姬妾丫環最多賈璉每懷不軌之心只未敢下手今日天緣湊巧竟把秋桐賞了他真是一對烈火乾柴如膠投漆燕爾新婚連日那裡拆得開賈璉在二姐身上之心也漸漸淡了只有秋桐一人是命鳳姐雖恨秋桐且喜借他先可發脫二姐用借刀殺人之法坐山觀虎鬥等秋桐殺了尤二姐自己再殺秋桐主意一定沒人處常又私勸秋桐說你年輕不知事他現是二房奶奶你爺心坎兒上的人我還讓他三分你去硬碰他豈不是自尋其死那秋桐聽了這話越發惱了天天大口亂罵說奶奶是軟弱人那等賢惠我却做不來奶奶把素日的威風怎

麼都沒了奶奶寬洪大量我却眼裡揉不下沙子去讓我和這娼婦做一回他纔知道呢鳳姐兒在屋裡只粧不敢出聲兒氣得尤二姐在房裡哭泣連飯也不吃又不敢告訴賈璉次日賈母見他眼睛紅紅的腫了問他又不敢說秋桐正是抓乖賣俏之時他便悄悄的告訴賈母王夫人等說他專會作死好好的成天喪聲嚎氣背地裡咒二奶奶和我早死了好和二爺一心一計的混賈母聽了便說人太生嬌俏了可知心就嫉妬了鳳丫頭倒好意待他他倒這樣爭鋒吃醋可知是個賤骨頭因此漸次便不大喜歡衆人見賈母不喜不免又往上踐踏起來弄得這尤二姐要死不能要生不得還是虧了平兒時常背着鳳

姐與他排解那尤二姐原是花爲腸肚雪作肌膚的人如何經得這般折磨不過受了一月的暗氣便懨懨得了一病四肢懶動茶飯不進漸次黃瘦下去夜來合上眼只見他妹妹手捧鴛鴦寶劍前來說姐姐你爲人一生心癡意軟終吃了這虧休信那妬婦花言巧語外作賢良內藏奸滑他發恨定要弄你一死方能若妹子在世斷不肯令你進來就是進來亦不容他這樣此亦係理數應然只因你前生淫奔不才使人家喪倫敗行故有此報你速依我將此劍斬了那妬婦一同歸至警幻案下聽其發落不然你則白白的喪命且無人憐惜尤二姐哭道妹妹我一生品行既虧今日之報既係當然何必又生殺戮之冤三

姐兒聽了長嘆而去尤二姐驚醒却是一夢等賈璉來看時因無人在側便哭着合賈璉說我這病不能好了我來了半年腹中已有身孕但不能預知男女倘老天可憐生了下來還可若不然我的命還不能保何況于他賈璉亦哭說你只放心我請名人來醫治於是出去即刻請醫生誰知王太醫此時也病了亦謀幹了軍前効力回來好討蔭封的小厮們走去便仍舊請了那年給晴雯看病的太醫胡君榮來診視了說是經水不調全要大補賈璉便說已是三月庚信不行又常嘔酸恐是胎氣胡君榮聽了復又命老婆子請出手來再看了半日說若論胎氣肝脈自應洪大然木盛則生火經水不調亦皆因肝木所致

醫生要大胆須得請奶奶將金面略露一露醫生觀看氣色方敢下藥賈璉無法只得命將帳子掀起一縫尤二姐露出臉来胡君榮一見早已魂飛天外那裡還能辨氣色一時掩了帳子賈璉陪他出來問是如何胡太醫道不是胎氣只是瘀血凝結如今只以下瘀通經要緊于是寫了一方作辞而去賈璉令人送了藥禮抓了藥来調服下去只半夜光景尤二姐腹痛不止誰知竟將一個已成形的男胎打了下来於是血行不止二姐就昏迷過去賈璉聞知大罵胡君榮一面遣人再去請醫調治一面命人去找胡君榮胡君榮聽了早已捲包逃走這裡太醫便說本来血氣虧弱受胎以來想是着了些氣惱鬱結於中這

位先生誤用虎狼之劑如今大人元氣十傷八九一時難保就愈煎丸二藥並行還要一些閑言閑事不聞庶可望好說畢而去也開了個煎藥方子並調元散鬱的丸藥方子去了急的賈璉便查誰請的姓胡的來一時查出便打了個半死鳳姐比賈璉更急十倍只說偺們命中無子好容易有了一個遇見這樣没本事的大夫來於是天地前燒香禮拜自已通誠禱告說我情愿有病只求尤氏妹子身體大愈再得懷胎生一男子我愿吃常齋念佛賈璉衆人見了無不稱讚賈璉與秋桐在一處鳳姐又做湯做水的着人送與二姐又叫人出去筭命打卦偏算命的回來又說係屬兎的陰人冲犯了大家筭將起來只有秋

桐一人鬧死說他沖的秋桐見賈璉請醫調治打人罵狗爲尤二姐十分盡心他心中早浸了一缸醋在內了今又聽見如此說他沖了鳳姐兒又勸他說你暫且別處躲幾日再來秋桐便氣得哭罵道理那起餓不死的雜種混嚼舌根我和他井水不犯河水怎麼就沖了他好個愛八哥兒在外頭什麼人不見偏來了就沖了我還要問問他呢到底是那裡來的孩子他不過哄我們那個綿花耳朵的爺罷了總有孩子也不知張姓王姓的奶奶希罕那雜種羔子我不喜歡誰不會養一年半載養一個倒還是一點攙雜沒有的呢衆人又要笑又不敢笑可巧邢夫人過來請安秋桐便告訴邢夫人說二爺二奶奶要攆我囘

去我沒了安身之處太太好歹開恩邢夫人聽說便數落了鳳姐兒一陣又罵賈璉不知好歹的種子憑他怎樣是你父親給的爲個外來的攆他連老子都沒了說着賭氣去了秋桐更又得意越發走到窗戶根底下大罵起來尤二姐聽了不免更添煩惱晚間賈璉在秋桐房中歇了鳳姐已睡平兒過尤二姐那邊來勸慰了一番尤二姐哭訴了一囘平兒又囑咐了幾句夜已深了方去安息這裡尤二姐心中自思病已成勢日無所養反有所傷料定必不能好況胎已經打下無甚懸心何必受這些零氣不如一死倒還干淨常聽見人說生金子可以墜死豈不比上吊自刎又干淨想畢扎掙起來打開箱子找出一塊生

金也不知多重哭了一回外邊將近五更天氣那二姐咬牙狠命便吞入口中幾次直脖方咽了下去于是趕忙將衣服首飾穿戴齊整上炕躺下當下人不知鬼不覺到第二日早辰丫環媳婦們見他不叫人樂得自已梳洗鳳姐秋桐都上去了平兒看不過說丫頭們就只配沒人心的打着罵着使也罷了一個病人也不知可憐可憐他雖好性兒你們也該拿出個樣兒來別太過逾了牆倒衆人推丫環聽了急推房門進來看時却穿戴的齊齊整整死在炕上于是方嚇慌了喊叫起來平兒進来瞧見不禁大哭衆人雖素昔懼怕鳳姐然想尤二姐寔在温和憐下如今死去誰不傷心落泪只不敢與鳳姐看見當下合宅

皆知賈璉進来摟尸大哭不止鳳姐也假意哭道狠心的妹妹你怎麼丢下我去了辜負了我的心尤氏賈蓉等也都來哭了一場勸住賈璉賈璉便回了王夫人討了梨香院停放五日挪到鐵檻寺去王夫人依允賈璉忙命人去往梨香院收拾停靈將二姐兒抬上去用衾单蓋了八個小厮和八個媳婦圍隨抬往梨香院來那裡已請下天文生擇定明日寅時入殮大吉五日出不得七日方可賈璉道竟是七日因家叔家兄皆在外小喪不敢久停天文生應諾寫了殃榜而去寶玉一早過來陪哭一場衆族人也都來了賈璉忙進去找鳳姐要銀子治辦喪禮鳳姐兒見抬了出去推有病回老太太太太說我病着忌三房

不許我去我因此也不出來穿孝且往大觀園中來遶過羣山至北界墻根下往外聽了一言半語回來又回賈母說如此這般賈母道信他胡說誰家癆病死的孩子不燒了也認眞開喪破土起來旣是二房一塲也是夫妻情分停五七日擡出來或一燒或亂葬埂上埋了完事鳳姐笑道可是這話我又不敢勸他正說着丫環來請鳳姐說二爺在家等着奶奶拿銀子呢鳳姐兒只得來了便問他什麼銀子賈璉道近日艱難你還不知道偺們的月例一月赶不上一月昨兒我把兩個金項圈當了三百銀用剩了還有二十幾兩你要就拿去說着命平兒拿了出來遞與賈璉指着賈母有話又去了恨得賈璉無話可說只得

開了尤氏箱籠去拿自己體己及開了箱櫃一點無存只有些折簪爛花並幾件半新不舊的紬絹衣裳都是尤二姐素日穿的不禁又傷心哭了想着他死得不分明又不敢說只得自己用個包袱一齊包了也不用小厮丫環來拿自己提着來燒平兒又是傷心又是好笑忙將二百兩一包碎銀偷了出來悄遞與賈璉說你別言語纔好你要哭外頭有多少哭不得又跑了這裡來點眼賈璉便說道你說得是接了銀子又將一條汗巾遞與平兒說這是他家常繫的你好生替我收着做個念心兒平兒只得接了自己收去賈璉有了銀子命人買板進來連夜赶造一面分派了人口守靈晚上自己也不進去只在這裡伴

宿要知端的且聽下回分解

紅樓夢第六十九回終

紅樓夢第七十回

林黛玉重建桃花社　史湘雲偶填柳絮詞

話說賈璉自在梨香院伴宿七日夜天天僧道不斷做佛事賈母喚了他去吩咐不許送往家廟中賈璉無法只得又和時覺說了就在尤三姐之上點了一個穴破土埋葬那日送殯只不過族中人與王姓夫婦尤氏婆媳而已鳳姐一應不管只憑他自去辦理又因年近歲逼諸事煩雜不算外又有林之孝開了一個人單子來回共有八個二十五歲的單身小廝應該娶妻成房的等裡面有該放的丫頭好求指配鳳姐看了先來問賈母和王夫人大家商議雖有幾個應該發配的奈各人皆有緣故第一個鴛鴦發誓不去自那日之後一向未與寶玉說話也不盛粧濃飾眾人見他志堅也不好相強第二個琥珀現又有病這次不能了彩雲因近日和賈環分崩也染了無醫之症只有鳳姐兒和李紈房中粗使的大丫頭發出去了其餘年紀未足令他們外頭自娶去了原來這一向因鳳姐兒病了李紈探春料理家務不得閑暇接着過年過節許多雜事竟將詩社擱起如今仲春天氣雖得了工夫爭奈寶玉因柳湘蓮遁跡空門又聞得尤三姐自刎尤二姐被鳳姐逼死又兼柳五兒自那夜監禁之後病越重了連連接接閒愁胡恨一重不了一重添弄的情色若痴語言常亂似染怔忡之病慌的襲人等又不敢回

賈母只百般逗他頑笑這日清晨方醒只聽得外間屋內咭咭呱呱笑聲不斷襲人因笑說你快出去拉拉罷晴雯和麝月兩個人按住芳官那裡隔肢呢寶玉聽了忙披上灰鼠長袄出來一瞧只見他三人被褥尚未疊起大衣也未穿那晴雯只穿着葱綠杭紬小袄紅紬子小衣兒披着頭髮騎在芳官身上麝月是紅綾抹胸披着一身舊衣在那裡抓芳官的肋肢芳官却仰在炕上穿着撒花緊身兒紅褲綠襪兩脚亂蹬笑的喘不過氣來寶玉忙笑說兩個大的欺負一個小的等我來撓你們說着也上床來隔肢晴雯晴雯觸癢笑的忙丢下芳官來合寶玉對抓芳官趁勢將晴雯按倒襲人看他四人滾在一處倒好笑因

說道仔細凍着了可不是頑的都穿上衣裳罷忽見碧月進來說昨兒晚上奶奶在這裡把塊手絹子忘了不知可在這裡沒有春燕忙應道有我在地下撿起來不知是那一位的纔洗了剛晾着還沒有乾呢碧月見他四人亂滾因笑道倒是你們這裡熱鬧大清早起就咭咭呱呱的頑到一處寶玉笑道你們那裡人也不少怎麼不頑碧月道我們奶奶不頑把兩個姨娘和姑娘也都拘住了如今琴姑娘跟了老太太前頭去更冷冷清清的了兩個姨娘到明年冬天也都家去了更那纔冷清呢你瞧瞧寶姑娘那裡出去了一個香菱就像短了多少人是的把個雲姑娘落了單了正說着見湘雲又打發了翠縷來說請二

爺快出去瞧好詩寶玉聽了忙梳洗出來果見黛玉寶釵湘雲寶琴探春都在那裡手裡拿着一篇詩看見他來時都笑道這會子還不起來偺們的詩社散了一年也沒有一個人作興作興如今正是初春時節萬物更新正該鼓舞另立起來纔好湘雲笑道一起詩社時是秋天就不應發達的如今却好萬物逢春偺們重新整裡起這個社來自然要有生趣兒況這首桃花詩又好就把海棠社改作桃花社豈不大妙寶玉聽着點頭說狠好且忙着要詩看衆人都又說偺們此時就訪稻香老農去大家議定好起社說着一齊站起來都往稻香村來寶玉一壁走一壁看寫着是

桃花行

桃花簾外東風軟　桃花簾內晨粧懶
簾外桃花簾內人　人與桃花隔不遠
東風有意揭簾櫳　花欲窺人簾不捲
桃花簾外開仍舊　簾中人比桃花瘦
花解憐人花也愁　隔簾消息風吹透
風透簾櫳花滿庭　庭前春色倍傷情
閒苔院落門空掩　斜日欄杆人自凭
凭欄人向東風泣　茜裙偷傍桃花立
桃花桃葉亂紛紛　花綻新紅葉凝碧

樹樹烟封一萬株　烘照樓壁紅模糊
天机燒破鴛鴦錦　春酣欲醒移珊枕
侍女金盆進水来　香泉飲蘸胭脂冷
胭脂鮮艷何相類　花之顏色人之淚
若將人淚比桃花　淚自長流花自媚
淚眼觀花淚易乾　淚乾春盡花憔悴
憔悴花遮憔悴人　花飛人倦易黄昏
一聲杜宇春歸盡　寂寞簾櫳空月痕

寶玉看了並不稱讚痴痴呆呆竟要滾下淚來又怕衆人看見忙自已拭了因問你們怎麼得来寶琴笑道你猜是誰做的寶

玉笑道自然是瀟湘子的稿子寶琴笑道現是我做的呢寶玉笑道我不信這聲調口氣迥乎不像寶琴笑道所以你不通難道杜工部首首都作叢菊兩開他日淚之句不成一般的也有紅綻雨肥梅水荇牽風翠帶長等語寶玉笑道固然如此但我知道姐姐斷不許妹妹有此傷悼語句妹妹本有此才却也斷不肯做的比不得林妹妹曾經離喪作此哀音衆人聽說都笑了已至稻香村中將詩與李紈看了自不必說稱賞不已說起詩社大家議定明日乃三月初二日就起社便改海棠社為桃花社黛玉為社主明日飯後齊集瀟湘館因又大家擬題黛玉便說大家就要桃花詩一百韻寶釵道使不得古来桃花詩最

多總作了必落套比不得你這一首古風須得再擬正說着人回舅太太來了請姑娘們出去請安因此大家都往前頭來見王子騰的夫人陪着說話飯畢又陪着入園中來遊玩一遍至晚飯後掌燈方去次日乃是探春的壽日元春早打發了兩個小太監送了幾件玩器合家皆有壽禮自不必細說飯後探春換了禮服各處行禮黛玉笑向衆人道我這一社開的又不巧了偏忘了這兩日是他的生日雖不擺酒唱戲少不得都要陪他在老太太太太跟前頑笑一日如何能得閒空兒因此改至初五這日衆姊妹皆在房中侍早膳畢便有賈政書信到了寶玉請安將請賈母的安稟拆開念與賈母聽上面不過是請安的話說六月准進京等語其餘家信事物之帖自有賈璉和王夫人開讀衆人聽說六七月回京都喜之不盡偏生這日王子騰之女許與保寧侯之子為妻擇于五月間過門鳳姐兒又忙着張羅常三五日不在家這日王子騰的夫人又來接鳳姐兒一並請衆甥男甥女閒樂一日賈母和王夫人命寶玉探春林黛玉寶釵四人同鳳姐去衆人不敢違拗只得回房去另粧飾了起來五人去了一日掌燈方回寶玉進入怡紅院歇了半刻襲人便乘機見景勸他收一收心閒時把書理一理預備着寶玉屈指筭一筭說還早呢襲人道書還是第二件到那時總然你有了書你的字寫的在那裡呢寶玉笑道我時常也有寫了

的好些難道都沒收着襲人道何曾沒收着你昨兒不在家我就拿出來統共數了一數纔有五百六十幾篇這三四年的工夫難道只有這幾張字不成依我說明日起把別的心都收了起來天天快臨幾張字補上雖不能按日都有也要大槩看得過去寶玉聽了忙得自已又親檢了一遍寔在搪塞不過便說明日爲始一天寫一百字纔好說話時大家睡下至次日起來梳洗了便在窗下恭楷臨帖賈母因不見他只當病了忙使人來問寶玉方去請安便說寫字之故因此出來遲了賈母聽說十分歡喜就吩咐他以後只管寫字念書不用出來也使得你去回你太太知道寶玉聽說便往王夫人房中來說明王夫人

便道臨陣磨鎗也不中用有這會子着急天天寫寫念念有多少完不了的這一赶又赶出病來纔罷寶玉回說不妨事寶釵探春等都笑說太太不用着急書雖替不得他字都替得的我們每日每人臨一篇給他搪塞過這一步兒去就完了一則老爺不生氣二則他也急不出病來王夫人聽說喜之不盡原來林黛玉聞得賈政回家必問寶玉的功課寶玉一向分心到臨期自然要吃虧因自已只粧不奈煩把詩社更不提起探春寶釵二人每日也臨一篇楷書字與寶玉寶玉自已每日也加功或寫二百三百不拘至三月下旬便將字又積了許多這日正筭着再得五十篇也就搪得過了誰知紫鵑走來送了一卷東

西寶玉折開看時却是一色去油紙上臨的鍾王蠅頭小楷字跡且與自已十分相類喜的寶玉和紫鵑作了一個揖又親自來道謝接着湘雲寶琴二人也都臨了幾篇相送湊成雖不足功課亦可搪塞了寶玉放了心于是將應讀之書又温理過幾次正是天天用功可巧近海一帶海嘯又遭塌了幾處生民地方官題本奏聞奉旨就着賈政順路查看賑濟回來如此算去至七月底方回寶玉聽了便把書字又丢過一邊仍是照舊遊蕩時値暮春之際湘雲無聊因見柳花飄舞便偶成一小令調寄如夢令其詞曰

豈是繡絨纔吐捲起半簾香霧纖手自拈來空使鵑啼燕妬且住且住莫使春光別去

自已做了心中得意便用一條紙兒寫好與寶釵看了又來找黛玉黛玉看畢笑道好新鮮有趣兒我却不能湘雲說道偺們這幾社總没有塡詞你明日何不起社塡詞豈不新鮮些黛玉聽了偶然興動便說這話也倒是湘雲道偺們趁今日天氣好爲什麼不就是今日黛玉道也使得說着一面吩咐預備了幾色菓點一面就打發人分頭去請這裡二人便擬了柳絮爲題又限出幾個調來寫了粘在壁上衆人来看時以柳絮爲題限各色小調又都看了湘雲的稱賞了一回寶玉笑道這詞我倒平常少不得也要胡謅起來於是大家拈鬮寶釵炷了一支夢

甜香大家思索起來一時黛玉有了寫完接着寶琴也忙寫出來寶釵笑道我已有了瞧了你們的再看我的探春笑道今兒這香怎麽這樣快我纔有了半首因又問寶玉你可有了寶玉雖做了些自已嫌不好又都抹了要另做囬頭看香已盡了李紈等笑道寶玉又輸了蕉了頭的呢探春聽說寫了出來衆人看時上面却只半首南柯子寫道是

空掛纖纖縷徒垂絡絡絲也難綰繫也難羈一任東西南北各分離

李紈笑道這也却好何不再續上寶玉見香沒了情願認輸不肯免强塞責將筆擱下來瞧這半首見沒完時反倒動了興乃

提筆續道

落去君休惜飛来我自知鶯愁蝶倦晚芳時總是明春再見隔年期

衆人笑道正經你分內的又不能這却偏有了總然好也筭不得說着看黛玉的是一闋唐多令

紛墮百花洲香殘燕子楼一團團逐隊成毬飄泊亦如人命薄空繾綣說風流　草木也知愁韶華竟白頭嘆今生誰捨誰收嫁與東風春不管憑爾去忍淹留

衆人看了俱點頭感嘆說太作悲了好是果然好的因又看寶琴的西江月

漢苑零星有限隋堤點綴無窮三春事業付東風明月梅花一夢　幾處落紅庭院誰家香雪簾櫳江南江北一般同偏是離人恨重

衆人都笑說到底是他的聲調悲壯幾處誰家兩句最妙寶釵笑道終不免過于喪敗我想柳絮原是一件輕薄無根的東西依我的主意偏要把他說好了纔不落套所以我謅了一首來未必合你們的意思衆人笑道要太謙自然是好的我們賞鑒賞鑒因看這一闋臨江仙道

白玉堂前春解舞東風捲得均勻

湘雲先笑道好一個東風捲得均勻這一句就出人之上了

蜂圍蝶陣亂紛紛幾曾隨逝水豈必委芳塵　萬縷千絲終不改任他隨聚隨分韶華休笑本無根好風憑借力送我上青雲

衆人拍案叫絕都說果然翻得好自然這首爲尊纏綿悲戚讓瀟湘子情致嫵媚却是枕霞小薛與蕉客今日落第要受罰的寶琴笑道我們自然受罰但不知交白卷子的又怎麼罰李紈道不用忙這定要重重的罰他下次爲例一語未了只聽窗外竹子上一聲响恰似窗屜子倒了一般衆人唬了一跳丫鬟們出去瞧時簾外丫頭子們回道一個大蝴蝶風箏掛在竹稍上了衆丫鬟笑道好一個齊整風箏不知是誰家放的斷了線偺

們拿下他來寶玉等聽了也都出來看將寶玉笑道我認得這風箏這是大老爺那院裡嫣紅姑娘放的拿下来給他送過去罷紫鵑笑道難道天下沒有一樣的風箏单他有這個不成二爺也太死心眼兒了我不管我且拿起來探春笑道紫鵑也太小器了你們一般有這會子拾人走了的也不嫌個忌諱黛玉笑道可是呢把偺們的拿出来偺們也放放晦氣丫頭們聽見放風箏巴不得一聲兒七手八脚都忙着拿出來也有美人兒的也有沙雁兒的丫頭們搬高墩綑剪子股兒一面撥起籰子來寶釵等立在院門前命丫頭們在院外敞地下放去寶琴笑道你這個不好看不如三姐姐的一個軟翅子大鳳凰好寶釵

回頭向翠墨笑道你去把你們的拿来也放放寶玉又興頭起來也打發個小丫頭子家去說把昨日賴大娘送的那個大魚取來小丫頭去了半天空手回來笑道晴雯姑娘昨兒放走了寶玉道我還沒放一遭兒呢探春笑道橫竪是給你放晦氣罷了寶玉道再把大螃蟹拿來罷丫頭去了同了幾個人扛了一個美人並籰子來回說襲姑娘說昨兒把螃蟹給了三爺了這一個是林大娘纔送來的放這一個罷寶玉細看了一回只見這美人做的十分精緻心中歡喜便叫放起来此時探春的也取了來丫頭們在那山坡上已放起來寶琴叫丫頭放起一個大蝙蝠来寶釵也放起個一連七個大雁來獨有寶玉的美

人再放不起來寶玉說丫頭們不會放自已放了半天只起房高便落下來了急得寶玉頭上的汗都出來了衆人又笑寶玉恨得擲在地下指着風箏說道若不是個美人我一頓脚跺個稀爛黛玉笑道那是頂線不好拿去叫人換好了就好放了再取一個來放罷寶玉等大家都仰面看天上這幾個風箏起在空中一時風緊衆丫鬟都用手帕墊手黛玉果見風力緊大過去將籰子一鬆只聽得一陣豁喇喇响登時線盡風箏隨風去了黛玉因讓衆人來放衆人都說林姑娘的病根兒都放了去了偺們大家都放了罷於是丫頭們拿過一把剪子來鉸斷了線那風箏都飄飄颻颻的隨風而去一時只有雞蛋大一展眼

只剩了一點黑星兒一會兒就不見了衆人仰面說道有趣有趣說着有丫頭來請吃飯大家方散從此寶玉的工課也不敢像先竟撂在脖子後頭了有時寫寫字有時念念書悶了也出來合姐妹們頑笑半天或往瀟湘館去閒話一回衆姐妹都知他工課虧欠大家自去吟詩取樂或講習針黹之事也不肯去擾他便是黛玉更怕賈政回來寶玉受氣每每推睡不大兜攬他寶玉也只得在自已屋裡隨便用些工課展眼間已是夏末秋初一日賈母處兩個小丫頭匆匆忙忙來叫寶玉不知何事下回分解

紅樓夢第七十回終

嫌隙人有心生嫌隙　鴛鴦女無意遇鴛鴦

話說賈母處兩個丫頭匆匆忙忙來找寶玉口裡說道二爺快跟着我們走罷老爺家來了寶玉聽了又喜又愁只得忙忙換了衣服前來請安賈政正在賈母房中連衣服未換看見寶玉進來請安心中自是歡喜却又有些傷感之意又叙了些任上的事情賈母便說你也乏了歇歇去罷賈政忙站起來笑着答應了個是又略站着說了幾句話纔退出來寶玉等也都跟過來賈政自然問問他的工課也就散了原來賈政回京覆命因是學差故不敢先到家中珍璉寶玉頭一天便迎出一站去接

見了賈政先請了賈母的安便命都回家伺候次日面聖諸事完畢纔回家來又蒙恩賜假一月在家歇息因年景漸老事重身衰又近因在外幾年骨肉離異今得宴然復聚自覺喜幸不盡一應大小事務一槩亦付之度外只是看書悶了便與清客們下棋吃酒或日間在裡邊母子夫妻共叙天倫之樂因今歲八月初三日乃賈母八旬大慶又因親友全來恐筵宴排設不開便早同賈赦及賈璉等商議議定于七月二十八日起至八月初五日止榮寧兩處齊開筵宴寧國府中单請官客榮國府中单請堂客大觀園中收什出綴錦閣並嘉蔭堂等幾處大地方來做退居二十八日請皇親駙馬王公諸王郡主王妃公主

國君太君夫人等二十九日便是閤府督鎮及誥命等三十日便是諸官長及誥命並遠近親友及堂客初一日是賈赦的家宴初二日是賈政初三日是賈珍賈璉初四日是賈府中合族長幼大小共湊家宴初五日是賴大林之孝等家下管事人等共湊一日自七月上旬送壽禮者便絡繹不絕禮部奉旨欽賜金玉如意一柄彩緞四端金玉杯各四件帑銀五百兩元春又命太監送出金壽星一尊沉香拐一支茄楠珠一串福壽香一盒金錠一對銀錠四對彩緞十二疋玉杯四隻餘者自親王駙馬以及大小文武官員家凡所來往者莫不有禮不能勝記堂屋內設下大桌案鋪了紅氈將凡有精細之物都擺上請賈母

過目先一二日還高興過來瞧瞧後來煩了也不過目只說叫鳳丫頭收了改日悶了再瞧至二十八日兩府中俱懸燈結彩屏開鸞鳳褥設芙蓉笙簫鼓樂之音通衢越巷寧府中本日只有北靜王南安郡王永昌駙馬樂善郡王並幾位世交公侯蔭襲榮府中南安王太妃北靜王妃並世交公侯誥命賈母等皆是按品大粧迎接大家厮見先請至大觀園內嘉蔭堂茶畢更衣方出至榮慶堂上拜壽入席大家謙遜半日方纔入座上面兩席是南北王妃下面依序便是眾公侯命婦左邊下手一席陪客是錦鄉侯誥命與臨昌伯誥命右邊下手方是賈母主位邢夫人王夫人帶領尤氏鳳姐並族中幾個媳婦兩溜雁翅站

在賈母身後侍立林之孝賴大家的帶領衆媳婦都在竹簾外面伺候上菜上酒周瑞家的帶領幾個丫鬟在圍屏後伺候呼喚凡跟來的人早又有人款待別處去了一時台了塲臺下一色十二個未留髮的小丫頭都是小廝打扮垂手伺候須臾一個捧了戲单至堦下先遞與回事的媳婦這媳婦接了纔遞與林之孝家的林之孝家的用小茶盤托上挨身入簾來遞與尤氏的侍妾配鳳配鳳接了纔奉與尤氏尤氏托着走至上席南安太妃謙讓了一回點了一齣吉慶戲文然後又讓北靜王妃也點了一齣衆人又讓了一回命隨便揀好的唱罷了少時菜已四獻湯始一道跟来各家的放了賞大家便更衣復入園來

另獻好茶南安太妃因問寶玉賈母笑道今日幾處廟裡念保安延壽經他跪經去了又問衆小姐們賈母笑道他們姊妹們病的病弱的弱見人靦腆所以叫他們給我看屋子去了有的是小戲子傳了一班在那邊廳上陪着他姨娘家姊妹們也看戲呢南安太妃笑道既這樣叫人請來賈母回頭命了鳳姐兒去把史薛林四位小姐帶來再只叫你三妹妹陪着來罷鳳姐答應了來至賈母這邊只見他姊妹們正吃菓子看戲寶玉也纔從廟裡跪經回來鳳姐說了寶釵姊妹與黛玉湘雲五人来至園中見了大衆俱請安問好內中也有見過的還有一兩家不曾見過的都齊聲誇讚不絕其中湘雲最熟南安太妃因笑

道你在這裡聽見我來了還不出來還等請去我明兒和你叔叔算賬因一手拉着探春一手拉着寶釵問十幾歲了又連聲誇讚因又鬆了他兩個又拉着黛玉寶琴也着實細看極誇一回又笑道都是好的不知叫我誇那一個的是早有人將備用禮物打點出幾分來金玉戒指各五個腕香珠五串南安太妃笑道你姊妹們别笑話留着賞丫頭們罷五人忙拜謝過北静王妃也有五樣禮物餘者不必細說吃了茶園中略逛了一逛賈母等因又讓入席南安太妃便告辭說身上不快今日若不來實在使不得因此恕我竟先要告别了賈母等聽說也不便强留大家又讓了一回送至園門坐轎而去接着北静王妃略

坐了一坐也就告辭了餘者也有終席的也有不終席的賈母勞乏了一日次日便不見人一應却是邢夫人款待有那些世家子弟拜壽的只到廳上行禮賈赦賈政賈珍還禮看待至寧府坐席不在話下這幾日尤氏晚間也不回那府去白日間待客晚間陪賈母頑笑又帮着鳳姐料理出入大小器皿以及收放禮物晚間在園內李氏房中歇宿這日晚間伏侍過賈母晚飯後因說你們也乏了我也乏了早些尋一點子吃了歇歇去明兒還要起早呢尤氏答應着退了出去來到鳳姐兒房裡來吃飯鳳姐兒在樓上看着人收送來的圍屏呢只有平兒在房裡與鳳姐叠衣服尤氏想起二姐兒在時多承平兒照應便點

着頭兒說道好丫頭你這樣好心人兒難爲你在這裡熬平兒把眼圈一紅拿別的話岔過去尤氏因笑問道你們奶奶吃了飯了沒有平兒笑道吃飯豈不請奶奶去的尤氏笑道既這樣我別處我吃的去罷餓的我受不得了說着就走平兒忙笑道奶奶請回來這裡有點心且點補些兒回來再吃飯尤氏笑道你們忙得這樣我園裡和他姊妹們鬧去一面說一面就走平兒留不住只得罷了且說尤氏一逕來至園中只見園中正門與各處角門仍未關好猶吊着各色彩燈因回頭命小丫頭叫該班的女人那丫鬟走入班房中竟沒一個人影回來回了尤氏尤氏便命傳管家的女人這丫頭應了便出去到二門外鹿頂

內乃是管事的女人議事取齊之所到了這裡只有兩個婆子分菓菜吃因問那一位管事的奶奶在這裡東府裡的奶奶立等一位奶奶有話吩咐這兩個婆子只顧分菜菓又聽見是東府裡的奶奶不大在心上因就回說管家奶奶們纔散了小丫頭道既散了你們家裡傳他去婆子道我們只管看屋子不管傳人姑娘要傳人再派傳人的去小丫頭聽了道噯喲這可反了怎麼你們不傳去你哄新來的怎麼哄起我來了素日你們不傳誰傳去這會子打聽了體巳信兒或是賞了那位管家奶奶的東西你們爭着狗顛屁股兒的傳去了不知誰是誰呢璉二奶奶要傳你們可也這麼回這婆子一則吃了酒二則被這

丫頭揭著弊病便羞惱成怒了因回口道扯你的臊我們的事傳不傳不與你相干你未曾揭挑我們你想想你那老子娘在那邊管家爺們跟前比我們還更會溜呢各門各戶的你有本事排揎你們那邊的人去我們這邊你離着還遠些呢丫頭聽了氣白了臉因說道好好這話說得好一面轉身進來回話尤氏已早進園來因遇見了襲人寶琴湘雲三人同着地藏菴的兩個姑子正說故事頑笑尤氏因說餓了先到怡紅院襲人粧了幾樣葷素點心出來與尤氏吃那小丫頭子一逕找了來氣狠狠的把方纔的話都說了出來尤氏聽了冷笑道這是兩個什麽人兩個姑子笑推這丫頭道你這姑娘好氣性大那糊塗

老嬷嬷們的話你也不該來回纔是偺們奶奶萬金之體勞乏了幾日黃湯辣水沒吃偺們只有哄他歡喜的說這些話做什麽襲人也忙笑拉他出去說好妹子你且出去歇歇我打發人叫他們去尤氏道你不要叫人你去就叫這兩個婆子來到那邊把他們家的鳳姐叫來襲人笑道我請去尤氏笑道偏不要你兩個姑子忙立起身來笑說奶奶素日寬洪大量今日老祖宗千秋奶奶生氣豈不惹人議論寶琴湘雲二人也都笑勸尤氏道不爲老太太的千秋我一定不依且放着就是了說話之間襲人早又遣了一個丫頭去到園門外找人可巧遇見周瑞家的這小丫頭子就把這話告訴他了周瑞家的雖不管事因

他素日仗着王夫人的陪房原有些體面心性乖滑專慣各處獻勤討好所以各房主人都喜歡他他今日聽了這話忙跑入怡紅院一面飛走一面說可了不得氣壞了奶奶了偏我不在跟前且打他們幾個耳刮子再等過了這幾天筭賬尤氏見了他也便笑道周姐姐你來有個理你說說這早晚園門還大開著明燈爤燭出入的人又雜倘有不防的事如何使得因此叫該班的人吹燈關門誰知一個人牙兒也沒有周瑞家的道這還了得前兒二奶奶還吩咐過的今兒就沒了人過了這幾日必要打幾個纔好尤氏又說小丫頭子的話周瑞家的說奶奶不要生氣等過了事我告訴管事的打他個臭死只問他們誰

說各門各戶的話我已經叫他們吹燈關門呢奶奶也別生氣了正亂着只見鳳姐兒打發人來請吃飯尤氏道我也不餓了纔吃了幾個餑餑請你奶奶自已吃罷一時周瑞家的出去便把方纔之事回了鳳姐鳳姐便命將那兩個的名字記上等過了這幾日綑了送到那府裡憑大嫂子開發或是打或是開恩隨他就完了什麼大事周瑞家的聽了巴不得一聲素日因與這幾個人不睦出來了便命一個小厮到林之孝家去傳鳳姐的話立刻叫林之孝家的進來見大奶奶一面又傳人立刻綑起這兩個婆子來交到馬圈裡派人看守林之孝家的不知甚麼事忙坐車進來先見鳳姐至二門上傳進話去丫頭們出來

說奶奶纔歇下了大奶奶在園內叫大娘見見大奶奶就是了林之孝家的只得進園來到稻香村丫環們回進去尤氏聽了反過不去忙喚進他來因笑向他道我不過為找人找不着因問你你既去了也不是什麼大事誰又把你叫進來倒要你白跑一躺不大的事已經撂過手了林之孝家的也笑回道二奶奶打發人傳我說奶奶有話吩咐尤氏道大約周姐姐說的你家去歇着罷沒有什麼大事李紈又要說原故尤氏反攔住了林之孝家的見如此只得便回身出園去可巧遇見趙姨娘因笑說噯喲喲我的嫂子這會子還不家去歇歇跑什麼林之孝家的便笑說何曾不家去如此這般進來了趙姨娘便說這事

也值一個屁開恩呢就不理論心窄些兒也不過打幾下就完了也值得叫你進來你快歇歇去我也不留你吃茶了說畢林之孝家的出來到了側門前就有纔兩個婆子的女兒上來哭着求情林之孝家的笑道你這孩子好糊塗誰叫他好喝酒混說話惹出事來連我也不知道二奶奶打發人綑他連我還有不是呢我替誰討情去這兩個小丫頭子纔七八歲原不識事只管啼哭求告纏的林之孝家的沒法因說道糊塗東西你放着門路不去求却纏我來你姐姐現給了那邊大太太作陪房費大娘的兒子你過去告訴你姐姐叫親家娘和太太一說什麼完不了的一語提醒了這一個那一個還求林之孝家的啐

道糊塗攮的他過去一說自然都完了沒有单放他媽又打你媽的禮說畢上車去了這一個小丫頭子果然過來告訴了他姐姐和費婆子說了這費婆子原是個不大安靜的便隔墻大罵一陣便走來求邢夫人說他親家與大奶奶的小丫頭白鬧了兩句話周瑞家的挑唆了二奶奶現綑在馬圈裡等過兩日還要打呢求太太和二奶奶說聲饒他一次罷邢夫人自為要鴛鴦討了沒意思賈母冷淡了他且前日南安太妃來賈母又单令探春出來自已心內早已怨忿又有在側一干小人心內嫉妒挾怨鳳姐便調唆得邢夫人着實憎惡鳳姐如今又聽了如此一篇話也不說長短至次日一早見過賈母衆族人到齊開戲賈母高興又今日都是自已族中子侄輩只便粧出來堂上受禮當中獨設一榻引枕靠背脚踏俱全自已歪在榻上榻之前後左右皆是一色的小矮凳寶釵寶琴黛玉湘雲迎春探春惜春姊妹等圍繞因賈璸之母也帶了女兒喜鸞賈瓊之母也帶了女兒四姐兒還有幾房的孫女大小共有二十來個賈母獨見喜鸞四姐兒生得又好說話行事與衆不同心中歡喜便叫他兩個也坐在榻前寶玉却在榻上與賈母搥腿首席便是薛姨娘下邊兩溜順着房頭輩數下去簾外兩廊都是族中男客也依次而坐先是那女客一起一起行禮後是男客行禮賈母歪在榻上只命人說免了罷然後賴大等帶領衆家人從

儀門直跪至大廳上磕頭禮畢又是衆家下媳婦然後各房了鬟足鬧了兩三頓飯時然後又抬了許多雀籠來在當院中放了生買放等焚過天地壽星紙方開戲飲酒直到歇了中台賈母方進來歇息命他們取便因命鳳姐兒留下喜鸞四姐兒頑兩日再去鳳姐兒出來便和他母親說他兩個母親素日承鳳姐的照顧愿意在園內頑耍至晚便不同去了邢夫人直至晚間散時當着衆人陪笑和鳳姐求情說我昨日晚上聽見二奶奶生氣打發周管家的娘子綑了兩個老婆子可也不知犯了什麽罪論理我不該討情我想老太太好日子發狠的還要捨錢捨米周貧濟老偺們先倒磨折起老人家來了便不看我的

臉權且看老太太暫且竟放了他們罷說畢上車去了鳳姐聽了這話又當着衆人又羞又氣一時找尋不着頭腦逼得臉紫脹回頭向賴大家的等冷笑道這是那裡的話昨兒因爲這裡的人得罪了那府的大嫂子我怕大嫂子多心所以儘讓他發放並不爲得罪了我這又是誰的耳報神這麽快王夫人因問爲什麽事鳳姐兒笑將昨日的事說了尤氏也笑道連我並不知道你原也太多事了鳳姐兒道我爲你臉上過不去所以等你開發不過是個禮就如我在你那裡有人得罪了我你自然送了來儘我憑他是什麽好奴才到底錯不過這個禮去這又不知誰過去沒的獻勤兒這也當作一件事情去說王夫人道

你太太說得是就是珍阿哥媳婦也不是外人也不用這些虛禮老太太的千秋要緊放了他們爲是說着回頭便命人去放了那兩個婆子鳳姐由不得越想越氣越愧不覺的一陣心灰落下淚來因賭氣回房哭泣又不使人知覺偏是賈母打發了琥珀來叫立等說話琥珀見了咤異道好好的這是什麼原故那裡立等你呢鳳姐聽了忙擦乾了淚洗面另施了脂粉方同琥珀過來賈母因問道前兒這些人家送禮來的共有幾家有圍屏鳳姐兒道共有十六家有十二架大的四架小的炕屏內中只有甄家一架大屏十二扇大紅緞子刻絲滿床笏一面泥金百壽圖的是頭等還有粵海將軍鄔家的一架玻璃的還罷

了賈母道旣這樣這兩架別動好生擱着我要送人的鳳姐兒答應了鴛鴦忽過來向鳳姐兒臉上細瞧引得賈母問說你不認得他只管瞧什麼鴛鴦笑道我看他的眼腫腫的所以我咤異賈母便叫近來也細看着鳳姐笑道纔覺的發癢揉腫了些鴛鴦笑道別又是受了誰的氣了罷鳳姐笑道誰敢給我氣受便受了氣老太太好日子我也不敢哭的賈母道正是呢我正要吃飯你在這裡打發我吃剩下的你和珍兒媳婦吃了你兩個在這裡帮着兩個師父替我揀佛頭兒你們也積積壽前兒你姊妹們和寶玉都揀了如今也叫你們揀揀別說我偏心說話時先擺上一桌素的來兩個姑子吃然後擺上葷的賈母吃

畢抬出外間尤氏鳳姐二人正吃着賈母又叫把喜鸞四姐兒二人叫來跟他二人吃畢洗了手點上香捧上一升豆子來兩個姑子先念了佛偈然後一個一個的揀在一個笸籮內明日煮熟了令人在十字街結壽緣賈母歪着聽兩個姑子說些因果鴛鴦早已聽見琥珀說鳳姐哭之一事又和平兒前打聽得原故晚間人散時便回說二奶奶還是哭的那邊大太太當着人給二奶奶沒臉賈母因問爲什麽原故鴛鴦便將原故說了賈母道這纔是鳳丫頭知禮處難道爲我的生日由着奴才們把一族中的主子都得罪了也不管罷這是大太太素日沒好氣不敢發作所以今兒拿着這個作法明是當着衆人給鳳姐

兒沒臉罷了正說着只見寶琴來了也就不說了賈母忽想起留下的喜姐兒四姐兒叫人吩咐園中婆子們要和家裡的姑娘〻樣照應倘有人小看了他們我聽見可不饒婆子答應了方要走時鴛鴦道我說去罷他們那裡聽他的話說着便一逕往園裡來先到稻香村中李紈與尤氏都不在這裡問了鬟們都說在三姑娘那裡呢鴛鴦回身又來至曉翠堂果見那園中人都在那裡說笑見他來了都笑說你這會子又跑到這裡做什麽又讓他坐鴛鴦笑道不許我逛逛麽于是把方纔的話說了一遍李紈忙起身聽了即刻就叫人把各處的頭兒喚了一個來令他們傳與諸人知道不在話下這裡尤氏笑道老太太

也太想得到實在我們年輕力壯的人綑上十個也趕不上李紈道鳳丫頭仗着鬼聰明還離脚踪兒不遠偺們是不能的了鴛鴦道罷喲還提鳳丫頭虎丫頭呢他的爲人也可憐見兒的雖然這幾年没有在老太太太太跟前有個錯縫兒暗裡也不知得罪了多少人總而言之爲人是難做的若太老寔了没有個機變公婆又嫌太老寔了家裡人也不怕若有些機變未免又治一經損一經如今偺們家更好新出来的這些底下字號的奶奶們一個個心滿意足都不知道要怎樣纔好少有不得意不是背地裡嚼舌根就是挑三窩四的我怕老太太生氣一點兒也不肯說不然我告訴出來大家別過太平日子這不是

我當着三姑娘說老太太偏疼寶玉有人背地怨言還罷了筭是偏心如今老太太偏疼你我聽着也是不好這可笑不可笑探春笑道糊塗人多那裡較量得許多我說倒不如小人家雖然寒素些倒是天天娘兒們歡天喜地大家快樂我們這樣人家人都看着我們不知千金萬金何等快樂除不知這裡說不出來的煩難更利害寶玉道誰都像三妹妹好多心多事我常勸你總別聽那些俗語想那些俗事只管安富尊榮纔是比不得我們没這清福應該混鬧的尤氏道誰都像你是一心無罣礙只知道和姊妹們頑笑餓了吃困了睡再過幾年不過是這樣一點後事也不慮寶玉笑道我能彀和姊妹們過一日是一

日死了就完了什麽後事不後事李紈等都笑道這可又是胡說了就算你是個沒出息的終老在這裡難道他姊妹們都不出門的尤氏笑道怨不得人都說是假長了一個胎子究竟是個又傻又獃的寶玉笑道人事莫定誰死誰活倘或我在今日明日今年明年死了也算是隨心一輩子了衆人不等說完便說可是又瘋了別和他說話纔好若和他說話不是獃話就是瘋話喜鸞因笑道二哥哥你別這樣說等這裡姐姐們果然都出了門橫豎老太太太太也寂寞我來和你作伴兒李紈尤氏等都笑道姑娘也別說獃話難道你是不出門的這話哄誰說得喜鸞也低了頭當下已起更時分大家各自歸房安歇不提

且說鴛鴦一逕回來剛至園門前只見角門虛掩猶未上拴此時園內無人來往只有該班的房內燈光掩映微月半天鴛鴦又不曾有伴也不曾提燈獨自一個脚步又輕所以該班的人皆不理會偏要小解因下了甬路找微草處走動行至一塊湘山石後大桂樹底下來剛轉至石後只聽一陣衣衫響嚇了一驚不小定睛一看只見是兩個人在那裡見他來了便想往樹叢石後藏躲鴛鴦眼尖趁着半明的月色早看見一個穿紅裙子梳鬅頭高大豐壯身材的是迎春房裡司棋鴛鴦只當他和別的女孩子也在此方便見自已來了故意藏躲嚇着頑要因便笑叫道司棋你不快出來嚇着我我就喊起來當賊拿了這

麼大丫頭也沒個黑夜白日只是頑不彀這本是鴛鴦戲語叫他出來誰知他賊人胆虛只當鴛鴦巳看見他的首尾了生恐叫喊出來使衆人知覺更不好且素日鴛鴦又和自巳親厚不比別人便從樹後跑出來一把拉住鴛鴦便雙膝跪下只說好姐姐千萬別嚷鴛鴦反不知他爲什麼忙拉他起來問道這是怎麼說司棋只不言語拿手帕拭淚鴛鴦越發不解再瞧了一瞧又有一個人影兒恍惚像個小厮心下便猜着了八九分自巳反羞的心跳耳熱又怕起來因定了一會忙悄問那一個是誰司棋又跪下道是我姑舅兄弟鴛鴦啐了一口却羞的一句話也說不出來司棋又回頭悄叫道你不用藏着姐姐已經看

見了快出來磕頭那小厮聽了只得也從樹後跑出來磕頭如搗蒜鴛鴦忙要回身司棋拉住苦求哭道我們的性命都在姐姐身上只求姐姐超生我們罷鴛鴦道你不用多說了快叫他去罷橫竪我不告訴人就是了你這是怎麼說呢一語未了只聽角門上有人說道金姑娘巳經出去了角門上鎖罷鴛鴦正被司棋拉住不得脫身聽見如此說便忙着接聲道我在這裡有事且畧等等兒我出來了司棋聽了只得鬆手讓他去了要知端的下回分解

紅樓夢第七十一回終

紅樓夢第七十二回

王熙鳳恃强羞説病　來旺婦倚勢覇成親

且說鴛鴦出了角門臉上猶熱心內突突的亂跳真是意外之事因想這事非常若說出來姦盜相連關係人命還保不住帶累傍人橫竪與自巳無干且藏在心內不說與人知道回房復了賈母的命大家安息不提且說司棋因從小兒和他姑表兄弟一處頑笑起初時小兒戲言便都訂下將來不娶不嫁近年大了彼此又出落得品貌風流常時司棋回家時二人眉來眼去舊情不斷只不能入手又彼此生怕父母不從二人便設法彼此裡外買囑園內老婆子們留門看道今日趁亂方從外進

來初次入港雖未成雙却也海誓山盟私傳表記已有無限風情忽被鴛鴦驚散那小廝早穿花度柳從角門出去了司棋一夜不曾睡着又後悔不來至次日見了鴛鴦自是臉上一紅一白百般過不去心內懷着鬼胎茶飯無心起坐恍惚挨了兩日竟不聽見有動靜方略放下了心這日晚間忽有個婆子來悄悄告訴道你兄弟竟逃走了三四天沒上家如今打發人四處找他呢司棋聽了又急又氣又傷心因想道縱然鬧出來也該死在一處真真男人沒情意先就走了因此又添了一層氣次日便覺心內不快支持不住一頭睡倒懨懨的成了病了鴛鴦聞知那邊無故走了一個小厮園內司棋病重要往外挪心下

料定是二八懼罪之故生怕我說出來因此自已反過意不去指着來望候司棋支出人去反自已賭咒發誓與司棋說我若告訴一個人立刻現死現報你只管放心養病别白遭塌了小命兒司棋一把拉住哭道我的姐姐偺們從小兒耳鬢廝磨你不曾拿我當外人待我我也不敢怠慢了你如今我雖一着走錯你若果然不告訴一個人你就是我的親娘一樣從此後我活一日是你給我一日我的病要好了把你立個長生牌位我天天燒香磕頭保佑你一輩子福壽雙全的我若死了時變驢變狗報答你倘或偺們散了已後遇見我自有報答的去處一面說一面哭這一夕話反把鴛鴦說的心酸也哭起來了因點頭道你也是自家要作死喲我作什麼管你這些事壞你的名兒我白去獻勤兒況且這事我也不便開口向人說你只放心從此養好了可要安分守已的再别胡行亂鬧了司棋在枕上點首不絕鴛鴦又安慰了他一番方出來因知賈璉不在家中又因這兩日鳳姐兒聲色怠惰了些不似往日一樣便順路來問候剛進入鳳姐院中二門上的人見是他來便站立待他進去鴛鴦來至堂屋只見平兒從裡頭出來見了他來便忙上來悄聲笑道纔吃了一口飯歇了午覺了你且這屋裡略坐坐鴛鴦聽了只得同平兒到東邊房裡來小丫頭倒了茶來鴛鴦悄問道你奶奶這兩日是怎麼了我近來看着他懶懶的平兒見

間因房內無人便嘆道他這懶懶的也不止今日了這有一月之先便是這樣的這幾日忙亂了幾天又受了些閑氣從新又勾起來這兩日比先又添了些病所以支不住便露出馬脚來了鴛鴦道既這樣怎麼不早請大夫治平兒嘆道我的姐姐你還不知道他那脾氣的別說請大夫來吃藥我看不過白問一聲身上覺怎麼樣他就動了氣反說我咒他病了饒這樣天天還是察三訪四自已再不看破些且養身子鴛鴦道雖然如此到底該請大夫來瞧瞧是什麼病也都好放心平兒嘆道說起病來據我看也不是什麼小症候鴛鴦忙道是什麼病呢平兒見問又往前湊了一湊向耳邊說道只從上月行了經之後這

一個月竟瀝瀝淅淅的沒有止住這可是大病不是鴛鴦聽了忙答應道噯喲依這麼說可不成了血山崩了嗎平兒忙啐了一口又悄笑道你女孩兒家這是怎麼說你倒會咒人的鴛鴦見說不禁紅了臉又悄笑道究竟我也不知什麼是崩不崩的你倒忘了不成先我姐姐不是害這病死了我也不知是什麼病因無心中聽見媽和親家媽說我還納悶後來聽見原故纔明白了一二分二人正說着只見小丫頭向平兒道方纔朱大娘又來了我們回了他奶奶纔歇午覺他往太太上頭去了平兒聽了點頭鴛鴦問那一個朱大娘平兒道就是官媒婆朱嫂子因有個什麼孫大人來和偺們求親所以他這兩日天天弄

個帖子来鬧得人怪煩的一語未了小丫頭跑來說二爺進來了說話之間賈璉已走至堂屋門口平兒忙迎出來賈璉見平兒在東屋裡便也過這間房內來走至門前忽見鴛鴦坐在炕上便煞住脚笑道鴛鴦姐姐今兒貴脚幸踏賤地鴛鴦只坐着笑道來請爺奶奶的安偏又不在家的不在家睡覺的睡覺賈璉笑道姐姐一年到頭辛苦伏侍老太太我還沒看你去那裡還敢勞動來看我們又說巧得很我纔要找姐姐去因爲穿着這袍子熱先來换了夾袍子再過去找姐姐去不想老天爺可怜省我走這一䞨一面說一面在椅子上坐下鴛鴦因問又有什麽說的賈璉未語先笑道因有一件事竟忘了只怕姐姐還記得上年老太太生日曾有一個外路和尚來孝敬一個臘油凍的佛手因老太太愛就即刻拏過來擺着了因前日老太太生日我看古董賬還有一筆在這賬上却不知此時這件着落在何處古董房裡的人也回過了我兩次等我問準了好註上一筆所以我問姐姐如今還是老太太擺着呢還是交到誰手裡去了呢鴛鴦聽說便說道老太太擺了幾日厭煩了就給你們奶奶了你這會子又問我來了我連日子還記得還是我打發了老王家的送來你忘了或是問你們奶奶和平兒平兒正拏衣服聽見如此說忙出来回說交過來了現在樓上放着呢奶奶已經打發人去說過他們發昏没記上又來叨登這些没

要緊的事賈璉聽說笑道既然給了你奶奶我怎麼不知道你們就昧下了平兒道奶奶告訴二爺二爺還要送人奶奶不肯好容易留下的這會子自已忘了倒說我們昧下那是什麼好東西比那强十倍的也沒昧下一遭兒這會子就愛上那不值錢的咧賈璉垂頭含笑想了想拍手道我如今竟糊塗了丟三忘四惹人抱怨竟大不像先了鴛鴦笑道也怨不得事情又多口舌又雜你再喝上兩鍾酒那裡記得許多一面說一面起身要走賈璉忙也立起身來說道好姐姐畧坐一坐兒兄弟還有一事相求說着便罵小丫頭怎麼不沏好茶來快拿干凈盖碗把昨日進上的新茶沏一碗來說着向鴛鴦道這兩日因老太

太千秋所有的幾千兩都使了幾處房租地租統在九月纔得這會子竟接不上明兒又要送南安府裡的禮又要預備娘娘的重陽節還有幾家紅白大禮至少還得三二千兩銀子用一時難去支借俗語說的好求人不如求己說不得姐姐擔個不是暫且把老太太查不着的金銀傢伙偷着運出一箱子來暫押千數兩銀子支騰過去不上半月的光景銀子來了我就贖了交還斷不能叫姐姐落不是鴛鴦聽了笑道你倒會變法兒虧你怎麼想了賈璉笑道不是我撒謊若論除了姐姐也還有人手裡管得起千數兩銀子只是他們爲人都不如你明白有膽量我和他們一說反嚇住了他們所以我寧撞金鐘一下不

打鐃鈸三千一語未了賈母那邊小丫頭子忙忙走來找鴛鴦說老太太找姐姐這半日我那裡沒找到却在這裡鴛鴦聽說忙的且去見賈母賈璉見他去了只得回來瞧鳳姐誰知鳳姐已醒了聽他和鴛鴦借當自己不便答話只躺在榻上聽見鴛鴦去了賈璉進來鳳姐因問道他可應准了須得你再去和他說一說就十分成了賈璉笑道雖未應准却有幾分成了鳳姐笑道我不管這些事倘或說准了這會子說着好聽到了有錢的時節你就丟在脖子後頭了誰和你打飢荒去倘或老太太知道了倒把我這幾年的臉面都丟了賈璉笑道好人你若說定了我謝你鳳姐笑道你說謝我什麼賈璉笑道你說要什麼

就有什麼平兒一傍笑道奶奶倒不要別的剛纔正說要做一件什麼事恰少一二百銀子使不如借了來奶奶拿這麼一二百銀子豈不兩全其美鳳姐笑道幸虧提起我來就是這樣也罷了賈璉笑道你們太也狠了你們這會子別說一千兩的當頭就是現銀子要三五千只怕也難不倒我不和你們借就罷了這會子煩你說一句話還要個利錢真真了不得鳳姐聽了翻身起來說道我三千五千不是賺得你的如今裡裡外外上上下下背着嚼說我的不少了就短了你來說了可知沒家親引不出外鬼來我們看着你家什麼石崇鄧通把我王家的縫子掃一掃就彀你們一輩子過的了說出來的話也不害臊現

有對証把太太和我的嫁粧細看看比一比我們那一樣是配不上你們的賈璉笑道說句頑話就急了這有什麼這樣的你要使一二百兩銀子値什麼多的沒有這還能彀先拿進來你使了再說去如何鳳姐道我又不等着啣口墊背忙什麼呢賈璉道何苦來不犯着這樣肝火盛鳳姐聽了又笑起來不是我着急你說的話戳人的心我因爲想着後日是尤二姐的週年我們好了一塲雖不能別的到底給他上個墳燒張紙也是姊妹一塲他雖沒個男女留下也別要前人灑土迷了後人的眼纔是賈璉半晌方道難爲你想得週全鳳姐一語倒把賈璉說沒了話低頭打筭說既是後日纔用若明日得了這個你隨便使多少就是了一語未了只見旺兒媳婦走進來鳳姐便問可成了沒有旺兒媳婦道竟不中用我說須得奶奶作主就成了賈璉便問又是什麼事鳳姐兒見問便說道不是什麼大事旺兒有個小子今年十七歲了還沒娶媳婦兒因要求太太房裡的彩霞不知太太心裡怎麼樣前日太太見彩霞大了二則又多病多災的因此開恩打發他出去了給他老子隨便自已擇女婿去罷因此旺兒媳婦來求我我想他兩家也就筭門當戸對了一說去自然成的誰知他這會子來了說不中用賈璉道這是什麼大事比彩霞好的多着呢旺兒家的便笑道爺雖如此說連他家還看不起我們別人越發看不起我們了好容易

粗看准一個媳婦兒我只說求爺奶奶的恩典替作成了奶奶又說他必是肯的我就煩了人過去試一試誰知白討了個沒趣兒若論那孩子倒好據我素日合意兒試他心裡沒有什麽說的只是他老子娘兩個老東西太心高了些一語戳動了鳳姐和賈璉鳳姐因見賈璉在此且不做一聲只看賈璉的光景賈璉心中有事那裡把這點事放在心裡待要不管只是看着鳳姐兒的陪房且素日出過力的臉上實在過不去因說什麽大事只管咕咕唧唧的你放心且去我明日作媒打發兩個有體面的人一面說一面帶着定禮去就說是我的主意他十分不依叫他來見我旺兒家的看着鳳姐鳳姐便努嘴兒旺兒家

的會意忙爬下就給賈璉磕頭謝恩賈璉忙道你只管給你姑娘磕頭我雖如此說了這樣行到底也得你姑娘打發人叫他女人上來和他好說更好些不然太霸道了日後你們兩親家也難走動鳳姐忙道連你還這樣開恩操心呢我反倒袖手傍觀不成旺兒家的你聽見了這事說了你也忙忙的給我完了事來說給你男人外頭所有的賬目一槩赶今年年底收了進來少一個錢也不依我的名聲不好再放一年都要生吃了我呢旺兒媳婦笑道奶奶也太膽小了誰敢議論奶奶若收了時我也是一場痴心白使了鳳姐道我真個還等錢做什麽不過爲的是日用出得多進的少這屋裡有的沒的我和你姑爺一

月的月錢再連上四個丫頭的月錢通共一二十兩銀子還不彀三五天使用的呢若不是我千湊萬挪的早不知過到什麼破窰裡去了如今倒落了一個放賬的名兒既這樣我就收了回來我比誰不會花錢偺們已後就坐着花到多早晚就是多早晚這不是樣兒前兒老太太生日太太急了兩個月想不出法兒來還是我提了一句後樓上現有些沒要緊的大銅錫家伙四五箱子拿出去弄了三百銀子纔把太太遮羞禮兒搪過去了我是你們知道的那一個金自鳴鐘賣了五百六十兩銀子沒有半個月大事小事沒十件白填在裡頭今兒外頭也短住了不知是誰的主意搜尋上老太太了明兒再過一年便搜

尋到頭面衣服可就好了旺兒媳婦笑道那一位太太奶奶的頭面衣服折變了不彀過一輩子的只是不肯罷了鳳姐道不是我說沒能耐的話要像這樣我竟不能了昨兒晚上忽然做了一個夢說來可笑夢見一個人雖然面善却又不知名姓找我說娘娘打發他來要一百疋錦我問他是那一位娘娘他說的又不是偺們的娘娘我就不肯給他他就來奪正奪着就醒了旺兒家的笑道這是奶奶日間操心常應候宮裡的事一語未了人回夏太監打發了一個小內家來說話賈璉聽了忙皺眉道又是什麼話一年他們也搬彀了鳳姐道你藏起來等我見他若是小事罷了若是大事我自有回話賈璉便躲入內套

問去這裡鳳姐命人帶進小太監來讓他椅上坐了吃茶因問何事那小太監便說夏爺爺因今兒偶見一所房子如今竟短二百兩銀子打發我來問舅奶奶家裡有現成的銀子暫借一二百這一兩日就送來鳳姐兒聽了笑道什麼是送來有的是銀子只管先兌了去改日等我們短了再借去也是一樣小太監道夏爺爺還說上兩回還有一千二百兩銀子沒送來等今年年底下自然一齊都送了過來鳳姐笑道你夏爺爺好小氣這也值得放在心裡我說一句話不怕他多心若都這樣記清了還我們不知要還多少了只怕我們沒有若有只管拿去因叫旺兒媳婦來出去不管那裡先支二百銀來旺兒媳婦會意

因笑道我纔因別處支不動纔來和奶奶支的鳳姐道你們只會裡頭來要錢叫你們外頭弄去就不能了說着叫平兒把我那兩個金項圈拿出去暫且押四百兩銀子平兒答應了去果然拿了一個錦盒子來裡面兩個錦袱包着打開時一個金纍絲攢珠的那珍珠都有蓮子大小一個點翠嵌寶石的兩個都與宮中之物不離上下一時拿去果然拿了四百兩銀子來鳳姐命與小太監打叠一半那一半與了旺兒媳婦命他拿去辦八月中秋的節那小太監便告辭了鳳姐命人替他拿着銀子送出大門去了這裡賈璉出來笑道這一起外祟何日是了鳳姐笑道剛說着就來了一股子賈璉道昨兒周太監來張口一

干兩我略慢應了些他不自在將來得罪人之處不少這會子再發個三二百萬的財就好了一面說一面平兒伏侍鳳姐另洗了臉更衣往賈母處伺候晚飯這裡賈璉出來剛至外書房忽見林之孝走來賈璉因問何事林之孝說道方纔打聽得雨村降了却不知因何事只怕未必真賈璉道真不真他那官兒未必保的長只怕將來有事偺們寧可疎遠着他好林之孝道何嘗不是只是一時難以疎遠如今東府大爺和他更好老爺又喜歡他時常來往那個不知賈璉道橫豎不和他謀事也不相干你去再打聽真了是為什麼林之孝答應了却不動身坐在椅子上再說閒話因又說起家道艱難便趂勢說人口太衆

了不如揀個空日回明老太太老爺把這些出過力的老人家用不着的開恩放幾家出去一則他們各有營運二則家裡一年也省口糧月錢再者裡頭的姑娘也太多俗語說一時比不得一時如今說不得先時的例了少不得大家委屈些該使八個的使六個使四個的使兩個若各房算起來一年也可以省得許多月米月錢况且裡頭的女孩子們一半都大了也該配人的配人成了房豈不又滋生出人來賈璉道我也這樣想只是老爺纔回家來多少大事未回那裡議到這個上頭前兒官媒拿了個庚帖來求親太太還說老爺纔來家每日歡天喜地的說骨肉完聚忽然提起這事恐老爺又傷心所以且不叫提

起林之孝道這也是正理太太想得週到賈璉道正是提起這
話我想起一件事來我們旺兒的小子要說太太房裡的彩霞
他昨兒求我我想什麼大事不管誰去說一聲去就說我的話
林之孝答應了半晌笑道依我說二爺竟別管這件事旺兒的
那小子雖然年輕在外吃酒賭錢無所不至雖說都是奴才到
底是一輩子的事彩霞這孩子這幾年我雖沒見聽見說越發
出跳得好了何苦來白遭塌他一個人賈璉道他小兒子原會
吃酒不成人麼這樣那裡還給他老婆且給他一頓棍鎖起來
再問他老子娘林之孝笑道何必在這一時那是我錯了等他
再生事我們自然回爺處治如今且恕他賈璉不語一時林之

孝出去晚間鳳姐已命人喚了彩霞之母來說媒那彩霞之母
滿心縱不願意見鳳姐自和他說何等體面便心不由已的滿
口應了出去鳳姐又問賈璉可說了沒有賈璉因說我原要說
的打聽得他小兒子大不成人故還不曾說若果然不成人且
管教他兩日再給他老婆不遲鳳姐笑道我們王家的人連我
還不中你們的意何況奴才呢我已經和他娘說了他娘已經
歡天喜地難道又叫進他來不要了不成賈璉道既你說了又
何必退明日說給他老子好生管他就是了這裡說話不提且
說彩霞因前日出去等父母擇人心中雖與賈環有舊尚未作
准今日又見旺兒每每來求親早聞得旺兒之子酗酒賭博而

且容顏醜陋不能如意自此心中越發懊惱惟恐旺兒仗勢作成終身不遂未免心中急躁至晚間悄命他妹子小霞進二門來找趙姨娘問個端的趙姨娘素日深與彩霞好巴不得與了賈環方有個膀臂不承望王夫人又放了出去每每調唆賈環去討一則賈環羞口難開二則賈環也不在意不過是個丫頭他去了將來自然還有遂遷延住不說意思便丟開手無奈趙姨娘又不捨又見他妹子來問是晚得空便先求了賈政賈政說道且忙什麼等他們再念一二年書再放人不遲我已經看中了兩個丫頭一個與寶玉一個給環兒只是年紀還小又怕他們悮了念書再等一二年再題趙姨娘還要說話只聽外面一聲響不知何物大家吃了一驚未知如何下回分解

紅樓夢第七十二回終